C D C ?

CDC?

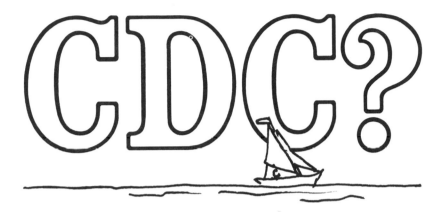

William Steig

Farrar, Straus & Giroux   New York

To Michael di Capua

C U N 10-S-E

U F A 4-N X-N, 9 ?
C, C !

V F E-10 D L-F-N

F-R-E-l E-R S D-P

M-N-U-L S N-C-Q-R

K-C S N N-L-S-S

U R N-2-8-F N Y-S

U F D-K N U-R K-9

U F N H ?
I F N L-R-G

I P-T M

I F D Q-R !

U F B-D I-S

E-R I M !

L-X-S N $-S R N A K F

R T-M S B-N B-10

I 1-R F U K-R 2 F T

U R N I-D-L Y-F

S A 3-L 2 C U !

U-G-N K-M 2 D C-T

5 N P-N-O

D 10-R S-N N 2-N

T-D-M

D 2-2 S C-D

S X-U-L-E A 2-P

D 2-M F 2-10-K-M-N

A 2-R F D 4-M

D D-8-T

N-R-E D 8

¢ X-A-V-R

F-N

L

R-A-B-N G-N-E

B-U-T N D B-S

D L-F N D 4-S

N-M-E L-E-N

L-O, R-P

F-E-G

¢-1O-E-L

I-L B U-R-S 4-F-R N F-R

I W !

M I B-N 2 V-M-N ?

F-N U N-E D-¢-C ?

U R E-10 2 X-S !

U R O-D-S !
N U R S-N-9 !

S A D-L !

D ¢-N-L S C-P

I M N-O-¢,
I M A D-¢ U-M B-N

X-I-10 C-N-R-E

D-2-R

S A R-D N-U-L

N-E-1 4 10-S ?
N A Y-L

&-E S A-M-N D R-O

I M I-R N U !

D D-¢ S E-Z-R N D A-¢

A Y-L S

O, C D C !
S X-L-R-8-10 !

D N